Los Profetas de Gúlumm

LAS CIUDADES DEBAJO DE LA TIERRA

JA PÉREZ

Los profetas de Gúlumm: Las ciudades debajo de la tierra

Edición 10*mo* Aniversario

Keen Sight Books

Puede encontrarnos en la red en: www.KeenSightBooks.com
Reportar errores de imprenta a errata@keensightbooks.com

ISBN: 978-1947193239

Printed in the U.S.A.

Dedicación

A mi abuelo Pancho, el maestro de las historietas, quien ya está en un mundo mejor.

Gracias

A mi Dios, por todo.

A mi esposa [por su ayuda en la última copia] e hijos, quienes pacientemente me han prestado de su tiempo para escribir.

A mi madre por pasar el manuscrito en limpio y ayudar con las correcciones.

A Link, nuestro hermoso gato que fielmente me acompañó mientras escribía la primera edición hace más de diez años y que ahora es testigo de esta edición de 10mo aniversario.

A Anakin que es discípulo de Link pero con tendencias de pantera.

Contenido

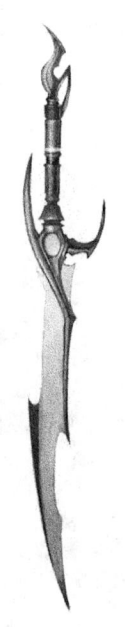

De la portada...

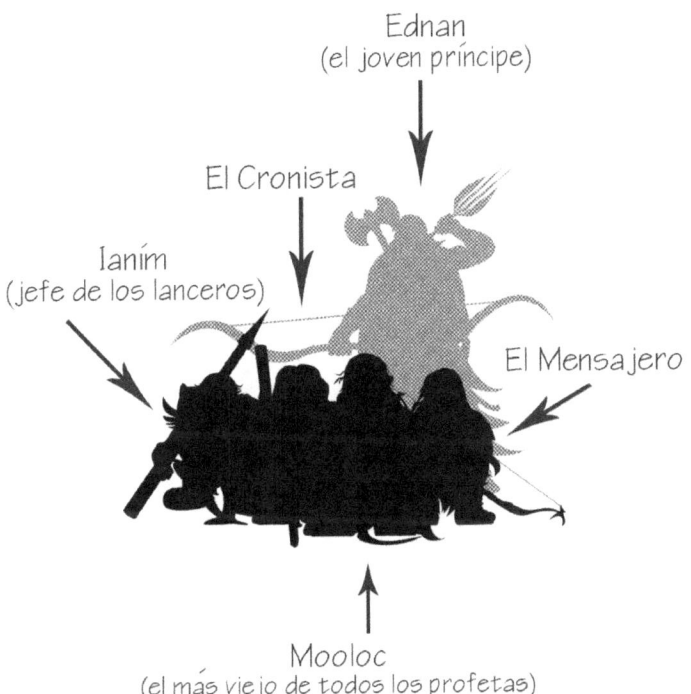

Ednan
(el joven príncipe)

El Cronista

Ianím
(jefe de los lanceros)

El Mensajero

Mooloc
(el más viejo de todos los profetas)

Introducción

En la tierra de Igglart siempre hubo profetas.

Nunca más han sido vistos por los hombres (aquellos que viven en la superficie de la tierra), desde los días en que el Rey Argurr rompió su alianza con todos los sabios de la tierra.

Argurr había desterrado a su hijo, el único heredero al trono por haberse juntado y aprendido de aquellos que desde entonces vivían debajo de la tierra.

La profecía dice que un día el príncipe regresará del Norte y restaurará la alianza entre los hombres y los habitantes de las ciudades que están debajo de la tierra de Igglart, allí donde habitan los sabios profetas.

Por 490 años han esperado su regreso.

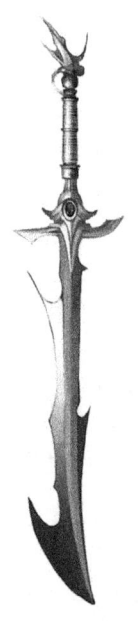

capítulo 1

LOS SABIOS DE LA TIERRA

Los profetas de Gúlumm (que es una de las ciudades que están debajo de la tierra de Igglart) son pequeños de tamaño, dos codos menos que el tamaño regular de aquellos de la raza de los hombres.

Sus barbas y cabellos no han visto navaja por 490 años, como el color de la nieve que está sobre la superficie de la tierra, así son sus cabellos y largas y hermosas trenzas conservan la belleza de sus blancas barbas.

Debajo de la tierra, en la ciudad de Gúlumm, ellos son jueces, y son ellos los profetas los que enseñan las antiguas letras a los más pequeños de su gente.

La sabiduría que un día reinó en la tierra de Igglart, (esto es antes que Argurr subiera al Trono) ya no se ve por ningún rincón. Argurr siguió los caminos de su hechicera esposa Rauria, la cual lo alejó de todas las buenas costumbres que por siglos habían identificado a su pueblo. Su hijo primogénito (aquel a quien más tarde llegó a desterrar) fue criado por su abuela Aundria, la madre del rey, y aún después que Argurr rompió su alianza con los sabios profetas de Gúlumm, ella continuó llevando al joven príncipe ante la presencia de los sabios y entendidos profetas quienes le instruyeron en todas las artes y letras, en toda ciencia, y en las milenarias prácticas de guerra.

Le enseñaron a usar la lanza y el arco, le hicieron diestro, y su inteligencia y noble carácter le dieron buena fama arriba y debajo de la tierra.

Gúlumm tiene cuevas.

Se dice que cuando la tierra de Igglart era joven, dos hermosos ríos descendían y se internaban en las entrañas de la tierra. Los ríos formaron cuevas y cuenta la historia que desde el día que se secaron los glaciares las cuevas se convirtieron en alojamiento para estas ciudades en las cuales desde entonces habita esta pequeña raza de criaturas con facciones parecidas a las de los humanos, de mirada inocente y corazón sencillo. Esta gente es regida por el concejo de ancianos y sabios profetas que son también sus jueces y han mantenido la paz perpetuamente.

capítulo 2

EL DÍA EN QUE COMENZARON LOS CONFLICTOS

Gúlumm había prosperado.

Sus habitantes habían sido beneficiados con el hongo y las raíces. Ese hongo que adorna las paredes de cientos de cuevas adyacentes, crece silvestre y es buen alimento, su olor es como la aceituna gigante, aquella que crece en la tierra de los hombres, pero ellos no pueden subir. Su acceso a la superficie no ha sido posible por 490 años.

Su otro alimento son las raíces, y los de Gúlumm son famosos por sus caldos.

Sus casas entre las rocas son fuertes y gozan de ricos tallados de piedra. También gozan del agua cristalina que viene de los manantiales de más abajo.

A los habitantes de Gúlumm jamás les ha

faltado nada.

Un día, el joven príncipe participó en un torneo de arcos y lanzas. Ese día, todos los reyes de las regiones vecinas alrededor de Igglart asistieron al torneo. Todos mostraron sus destrezas, todos compitieron, pero el príncipe, el hijo del Rey Argurr de Igglart mostró mucha más destreza que todos los reyes y príncipes de la tierra, sus flechas fueron más precisas en el blanco que aún las flechas de su padre el rey.

«¿Quién ha entrenado al joven?» preguntó el jefe de los arqueros del rey. «Jamás he visto a alguien con tales habilidades» añadió.

«Han de haber sido los enanos que viven debajo de la tierra» exclamó Rauria la reina y madre del joven acercándose al rey y mirándolo con ojos demandantes... «Los enanos le han hecho más diestro e inteligente que mi señor el rey».

Añadió: «Un día el rey encontrará la tierra infectada de esas despreciables criaturas. Son como una plaga, y son feos y sus costumbres no son como las nuestras».

«Si mi señor el rey no hace algo, el día que su hijo herede el trono, lo entregará a las criaturas de Gúlumm».

Estas fueron las palabras de la reina. El rey se encendió en ira y celos contra su hijo primogénito, y le mandó a matar.

El joven príncipe, al oír la noticia de lo que su padre el rey le iba a hacer, huyó por las puertas de atrás de la Plaza del Torneo. Se fue, y cabalgó por días atravesando las cordilleras que rodean la tierra de Igglart.

Por orden del rey, los capitanes y sus guardias le siguieron. Por días y noches rastrearon las huellas de su caballo, cuatro lunas nuevas pasaron y el príncipe se alejó. Se alejó de aquellas tierras y su padre promulgó un edicto. El príncipe quedó desterrado, para nunca regresar, y su nombre fue borrado de todas las listas oficiales del reinado, fue quitado de las crónicas, y se prohibió usar o mencionar ese nombre en toda la tierra de Igglart para siempre. Es por ello que el escritor de esta crónica hasta ahora no se atreve a mencionar su nombre y solo se refiere a él como «el joven príncipe».

Para los profetas de Gúlumm, él es el príncipe que va a regresar.

capítulo 3

PALABRAS DE MOOLOC

490 años han pasado, la gente de Gúlumm todavía llora al príncipe y esperan su regreso.

Dice un viajero que vino del Norte, que al príncipe se le ha visto en una aldea muy lejos de Igglart, que ya no es un joven, que su cabellera es larga y sus brazos muestran cicatrices, que ha estado en muchas batallas, y que viste una armadura como de hierro azul.

Dicen que en las noches cabalga largos tramos montado en un enorme elefante.

Algunos han dicho que es leyenda, pero los profetas de Gúlumm saben que es verdad que el príncipe vive, y un día regresará.

El Rey Argurr murió. Murió viejo, sus días fueron 665 años, el príncipe tenía quince años de edad cuando el edicto del destierro y han pasado 490 años.

«El príncipe ha de tener 505 años de edad, debe estar fuerte y lleno de mucha más sabiduría», son las palabras de Mooloc, el jefe de los tutores, quien fue maestro del joven cuando su abuela Aundria lo traía a las entrañas de la tierra para ser enseñado por los entendidos y sabios profetas.

Mooloc conocía al Rey Argurr y al padre del rey antes que la alianza entre los hombres y los habitantes de Gúlumm se rompiera.

Mooloc es el más viejo de los profetas de Gúlumm. El ha estado arriba de la tierra y conoce las montañas y los lugares altos. El habla del águila y de otros pájaros gigantes que la generación joven de Gúlumm nunca ha visto.

Ellos tampoco han visto el sol, ni las tres grandes lunas.

capítulo 4

LOS EXILIADOS DE IGGLART

Mientras que en Gúlumm y en las otras ciudades que están debajo de la tierra se goza de gran prosperidad, paz y armonía, en la tierra de Igglart se respira un aire de tristeza.

Cuando el Rey Argurr murió, no tenía heredero y el trono quedó vacante. Dos de las tribus rivales se pelearon el trono y prevaleció Anianc, hijo de Ulbant rey de las aldeas del Oeste.

Anianc es perverso y dado al vino, sus ejércitos le temen.

La tierra de Igglart se ha entregado a la hechicería, al sortilegio y a la magia negra. La oscuridad y las tinieblas reinan en Igglart.

Los abusos de Anianc contra la gente de Igglart

han escalado. El y su corte abusan de las vírgenes más hermosas del reino, oprimen a los sencillos y explotan a los jóvenes y ancianos sometiéndolos a trabajos forzados en las minas de Kjalan.

Las minas dan oro y piedras preciosas que Anianc vende a los muchos mercaderes que vienen del mundo del Este. Estos son los hombres de barbas negras y turbantes blancos que viajan en gigantes elefantes.

Se dice que aquel mundo que está al Este de la tierra de Igglart es diferente. Allá reina el lujo, las mujeres visten ornamentos de oro y buena seda. Los músicos del mundo del Este tienen buena fama. Pero en Igglart, las cosas no son así. Todo el oro y las piedras preciosas que salen de las minas solamente enriquecen al rey.

El rey ha puesto altos tributos a los habitantes de la tierra y muchos no alcanzan a comprar el pan tampoco y mucho menos para comprar y reparar las pieles que les guardan del frío.

Muchos han huido de la tierra y han ido a buscar refugio a Gúlumm y otras ciudades que están debajo de la tierra.

Los profetas de Gúlumm han dado asilo y han cuidado a los hombres, mujeres y niños que han escapado de la tierra de Igglart, especialmente a los ancianos.

Los más viejos recuerdan la alianza que una vez existió entre los hombres y los habitantes de debajo de la tierra.

Los que han escapado tienen paz y son amados y cuidados por toda la gente de Gúlumm.

capítulo 5

LA IRA DEL REY

Ha llegado a oídos de Anianc, rey de Igglart que muchos han desaparecido del pueblo.

Anianc ha resuelto torturar a los que han quedado atrás para que le digan a donde ha ido toda esta gente, pero nadie habla.

Prefieren morir a la sombra del látigo y las cadenas, que hablar.

Mensajeros han salido a los cuatro vientos. Nadie ha visto a toda esta gente. Han desaparecido, cientos de ellos.

Al fin, un mercader de los que vienen del mundo del Este sugiere al rey:

«¿Has oído hablar de los habitantes de abajo. Esas criaturas feas que viven debajo de Igglart? Es posible que todos los desaparecidos hayan huido allá abajo y que hoy son cuidados por esos indeseables enanos».

El rey enfurecido decide enviar una expedición a los lugares que están debajo de la tierra.

«Hay que encontrarlos» dice el rey «toda esa gente me debe tributos. Id».

Un ejército de hombres armados con corazas de hierro ha salido en busca de los desaparecidos, han resuelto descender debajo de la tierra, pero hay un solo camino que lleva a Gúlumm y conecta a las otras ciudades.

Una sola entrada. Es por la cueva de Bilartt, por donde siglos antes entraban las corrientes de los dos ríos que desembocaban en las cavernas.

capítulo 6

EL FUTURO DE IGGLART

Los profetas de Gúlumm se reunirán en concejo. Ellos han visto en visión de noche el mal que viene sobre Gúlumm y las otras ciudades que están debajo de la tierra.

El profeta Mooloc, (el más anciano y más sabio de todos los profetas) ha de hablar en el concejo.

El lugar de reunión es redondo y amplio. Los ciudadanos de Gúlumm asisten y llenan el lugar, todos alrededor de la mesa del centro. Este es alumbrado por grandes antorchas. El piso está hecho de una piedra más preciosa que el mármol. La mesa del centro es de cristal azul y en ella se reflejan las largas, blancas barbas de los profetas.

Para la reunión han adornado el lugar con banderas doradas, y los trompeteros anuncian la entrada de los profetas, quienes al llegar, son recibidos con abrazos y besos de todos los que rodean la mesa del centro.

Ya sentados en la mesa, Mooloc toma la palabra: «Hoy reunidos aquí, sabemos la suerte que tendrá nuestro pueblo.

Sabemos que el Rey Anianc descenderá sobre nosotros. No se puede evitar lo que está escrito, eso vendrá.

Nosotros los habitantes de Gúlumm y las otras ciudades, no tememos a la guerra. Nuestros jóvenes y ancianos manejan el arco y la lanza con más destreza que los gigantes de Alliantt que un día caminaron la tierra. De nuestro lado está la verdad y la justicia, y aunque Anianc enviare un ejército de millares de hombres, nosotros estaremos listos para enfrentarlos».

«¿Cuál es el final del conflicto?» preguntó uno de los ciudadanos asistentes al concejo.

«El final del conflicto está escrito» respondió el profeta Mooloc. «El príncipe regresará del Norte, él nos guiará en la batalla y él restaurará la paz en toda la tierra».

«Igglart tendrá un rey justo, y la alianza entre los hombres y nosotros será restaurada».

capítulo 7

EL MENSAJERO CON SANGRE EN LOS HOMBROS

Mientras el Rey Anianc envía a preparar las calderas para hervir el aceite negro que planea enviar por los conductos de los antiguos ríos, para sofocar a los habitantes de Gúlumm, el profeta Mooloc ha enviado su mensajero más diestro a las tierras del Norte, más allá de Igglart. Le tomará varias lunas llegar y encontrar al príncipe, tendrá que atravesar las montañas de las gigantes cordilleras, y los lagos, y la tierra de los hijos de Hulekk, aquellos gigantes que se dice que comen hombres (la única raza de gigantes que sobrevivió los glaciales).

El mensajero no tiene estatura de hombre, pero sus completos dos codos de estatura, están llenos de valentía y entendimiento.

El mensajero saldrá de noche y llevará miel para el camino, un arco y unas flechas en su costal. Deberá recorrer una noche y un día y al atardecer llegará a las caballerizas de Henler que es hombre y viejo amigo de los profetas de Gúlumm.

Por muchos años, Henler ha criado los caballos más robustos y rápidos en toda la tierra de Igglart.

«El te dará un caballo plateado y éste, te llevará en sus lomos hasta la presencia del príncipe» dijo el profeta Mooloc.

Así sucedió, el mensajero salió de noche, pero al traspasar la cueva de Bilartt (que es la salida que conecta a Gúlumm con la tierra de arriba), el mensajero fue atacado por guardias del rey, los cuales le hirieron en su cabeza al punto de perder una oreja, pero el mensajero no se detuvo.

Corrió...corrió y escaló

por las laderas de una de las montañas.

Con su costado y sus hombros

bañados en sangre, corrió....

Pequeña, rápida criatura de ojos verdes, dientes largos y amarillos, con una larga nariz, joven, hábil, diestro, con solo 180 años de plena juventud. Su sangre se ha de secar en sus hombros, pero él llegará, pronto estará en presencia de Henler, y el caballo plateado le llevará al Norte, a la presencia del Príncipe, a quien entregará el mensaje de Mooloc, el más sabio de todos los profetas.

capítulo 8

LOS CABALLOS DE HENLER

Henler, viejo amigo de Mooloc y los profetas de Gúlumm ha criado caballos por cientos de años.

Una vez, en los días en que aquellos que viven debajo de la tierra y los hombres de la tierra de Igglart tenían alianza, Henler suplía hermosos caballos para los torneos de la casa de los reyes. Sus caballos siempre han sido robustos, ágiles y llenos de fuerza. Su conocimiento en cuestiones equinas le llevó a lograr esa hermosa raza de caballos plateados, especiales para la guerra por su resistencia y durabilidad en combate aun cargando esas pesadas corazas de hierro.

Henler se opuso al edicto que el antiguo rey de Igglart anunció contra su hijo y por eso desde aquel entonces sus caballos jamás fueron parte de los torneos.

Henler en este día es odiado por el rey presente,

pues no ha participado de sus iniquidades explotando las minas y se ha negado que los que vienen del Este transiten por sus tierras para comprar el oro del rey.

El Rey Anianc ha querido incursionar ataques en contra de Henler, pero teme a lo escrito en una vieja leyenda la cual dice que Henler es protegido por las águilas gigantes y que sus tierras de repente son cubiertas por esas densas neblinas que ciegan aun a los rastreros más hábiles del ejército real.

También ha corrido la voz de que Henler mantiene buena amistad con los gigantes del lado Norte de sus montañas, aquellos gigantes que comen hombres y que también impiden el paso de los mercaderes que vienen de más allá.

Esta noche, es una noche especial. Henler recibe al mensajero de Mooloc y antes de enviarlo al Norte en el mejor y más veloz de sus caballos, se sentarán a la mesa y comerán juntos. Sí, hay prisa. El tiempo está corriendo. Pero es necesario que Henler dé instrucciones al mensajero en cuanto a los peligros del resto del camino, a como atravesar la tierra de los gigantes, las cordilleras del Norte y penetrar a otros mundos.

En la mesa, junto a esta pequeña criatura de apariencia noble y casi indefensa, se sienta Henler. Sus trescientos diez y ocho criados rodean la mesa. La sala es alumbrada con antorchas y los músicos tocan el tañedor y las cuerdas.

«Tu misión es importante» son las palabras de Henler, quien poniendo su mano derecha en hombros del mensajero dice: «Tu has sido escogido para esta hora. Tu obra determinará la suerte de Gúlumm. La vida de los profetas y todos los que habitan debajo de la tierra está en tus manos, pero la sabiduría de los antiguos te acompaña. Tus antepasados hasta diez generaciones antes que tú, vieron este día. Mooloc es sabio, y ha demostrado su sabiduría escogiéndote a ti».

El mensajero, con lágrimas en sus ojos pide a Henler su bendición. En la mañana será despedido en paz y será probado. El clima y las oposiciones del camino probarán su carácter. Pero su suerte también ha sido escrita. La labor del mensajero también ha sido predestinada.

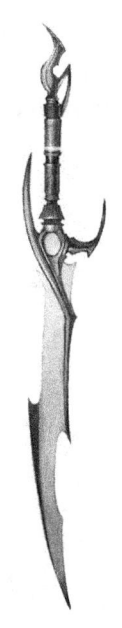

capítulo 9

LA SEÑAL DEL HONGO ROJO

Mooloc es verdadero profeta, y un verdadero profeta no ha de forzar el cumplimiento de sus profecías.

El profeta no ha de pedir al joven príncipe que regrese a la tierra de Igglart. Tampoco ha de pedirle ayuda o decirle que las ciudades debajo de la tierra peligran.

Esto haría al príncipe actuar por sentimientos naturales y los profetas no se mueven así.

Ellos creen que las profecías son soberanas y se han de cumplir solas, sin la ayuda de hombre o criatura.

Una señal hará al príncipe voltear su rostro hacia Igglart, su deseo de regresar debe suceder sin la ayuda o influencia de los profetas. El mensajero no hablará con el príncipe en su llegada. Solo se hospedará en las afueras de la ciudad donde vive el príncipe, y será el príncipe quien le venga a buscar, ya dispuesto para el regreso. Una vez ya de regreso, el mensajero entregará el mensaje, pero no será un mensaje para pedir ayuda.

Su mensaje será: «Mooloc vive, y las flechas de oro todavía están en su lugar».

Hoy, mientras el mensajero avanza, dejando atrás las caballerizas de Henler, cosas raras han comenzado a pasar en la tierra de Igglart y a la vez en los mundos del Norte.

En Igglart, la tierra suda. Un sudor que proviene desde abajo, que ha mojado toda la tierra y creado un lodo en toda su superficie.

Los ejércitos del rey no logran posicionarse en lugar para comenzar a inundar los conductos que van a Gúlumm con el aceite negro que han preparado. El lodo producido por el sudor de la tierra, no permite que rueda grande ni pequeña pueda avanzar. Los arqueros y lanceros del rey se cansan y no pueden caminar más de una legua por día.

Esto ha dado tiempo a los profetas para prepararse para la guerra, y son ellos los que han producido este sudor. Sí. La tierra suda porque los profetas permiten que el vapor que proviene de los volcanes subterráneos de más abajo suba por los canales de dos de sus ciudades. Las gigantes piedras que tapan la boca de esos canales son movidas con un gran esfuerzo. Toma a más de mil habitantes tirar en cada punta de las gigantes cuerdas que mueven las redondas piedras. Esas piedras que no se han movido por más de dos mil años, ahora lentamente se desplazan, y el vapor sube. Sube y se pega al cielo de las cuevas, se infiltra por el suelo de arriba y hace sudar la superficie.

Los refugiados que ahora viven debajo de la tierra, trabajan arduamente con los habitantes de las ciudades que están debajo de la tierra. Las mujeres, los niños pequeños y los más ancianos han sido movidos a las cuevas más abajo para su cuidado. Ahí también están todos los habitantes de Gúlumm que no han sido adiestrados para la guerra.

Sin embargo, de acuerdo a las tradiciones de Gúlumm y sus vecinas ciudades, son los muy jóvenes y sus madres los que están exentos de la batalla, pues se cree que en Gúlumm mientras más anciano es el guerrero, con más ciencia cuenta en cuanto a las artes de guerra.

Cuando todo esto sucede en Igglart, en los mundos del Norte, donde el joven príncipe ha habitado desde que fue desterrado por su padre y huyó, también cosas extrañas están pasando.

El joven príncipe ha sido visitado por una anciana quien le ha dicho que en sueños vió un hongo que hablaba.

«Tu futuro está escrito en un hongo, un hongo rojo te dirá como tu vida ha de cambiar y esto sucederá en pocas lunas» fueron las palabras de la anciana.

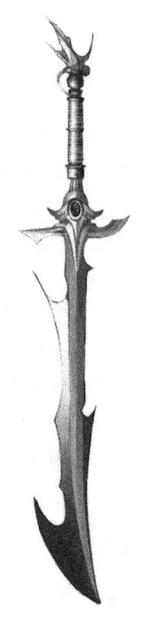

capítulo 10

EL PRÍNCIPE Y SU SUEÑO

El príncipe hoy tuvo un sueño. En su sueño un águila gigante venía y se posaba en un hongo. El hongo era rojo y grande, de tal tamaño que su sombra cubría y refugiaba a diez elefantes gigantes.

Al despertar, el príncipe no prestó mucha atención a su sueño y se dirigió a las labores de su día.

En la aldea de Uriam donde el príncipe vive, nadie sabe que él es príncipe. No se sabe de donde viene. Solo se conoce que un día apareció en la aldea hace como quinientos años y era muy joven cuando llegó. Todos le conocen por el nombre de Ednan y todos le aman.

Cuando el joven llego a la aldea, eran días muy difíciles para los aldeanos. Estos eran saqueados cada año por bandas que venían de la región de las cordilleras y pronto todos se dieron cuenta de la habilidad que el joven tenía para usar la lanza y el arco.

En su primer año, formó la oposición y por primera vez hicieron frente a los merodeadores a quienes hirieron grandemente y causaron tal estrago que nunca jamás regresaron a molestar.

Ednan (su nuevo nombre) desde entonces viajó y defendió los derechos de los oprimidos y los pobres de todas las otras tierras de los mundos del Norte, pero siempre regresó a la aldea de Uriam.

Su fama ha corrido por muchas tierras. Ednan ha peleado más guerras que ningún hombre antes que él. Es más. Se dice que de aquellos de la raza de los hombres, nadie jamás ha ganado tantas guerras.

Ha vivido y aprendido muchas lenguas. Ha estudiado todas las culturas de los mundos del Norte. Sus vestidos, su música, sus alimentos. Sin embargo, se dice que Ednan, come raíces y aceitunas que el mismo cultiva y que nadie sabe donde aprendió esto, pues esto no se come en ninguna de las regiones de los mundos del Norte.

Su cuerpo muestra muchas cicatrices. Guerrero experimentado en batallas. Su pelo es amarrado en trenzas y su barba es larga la cual no ha visto navaja jamás, y esto tampoco es costumbre en los mundos del Norte. Nadie sabe por qué su cabello y su barba son llevados así, tampoco le preguntan por qué.

Ednan es de pocas palabras. Pasa mucho tiempo solo. Le han visto en las noches llorar, como si extrañara a alguien o algo.

Un dolor muy grande se debe esconder en su pasado, pero de su pasado, de cuando era muy joven... nadie se atreve a hablar.

Ha abierto muchos pozos y creado regadíos para las plantaciones afuera de su aldea y hoy, es ahí, camino a sus pozos que algo le ha llamado la atención.

Un hongo grande, parece haber crecido anoche. Ayer no estaba ahí.

Al acercarse al hongo no puede contener las emociones que le envuelven. Se recuerda de aquellos hongos que conoció en Gúlumm y las otras ciudades debajo de la tierra de Igglart, allá donde lo llevaba su abuela cuando era niño para ser adiestrado y educado por los sabios profetas.

Parado frente al hongo sus ojos son atraídos por una piedra en el centro del hongo, y la piedra es plana, y tiene un escrito y dice así:

«Tus días en el Norte están contados. Tu tierra te llama. Tu amados profetas en Gúlumm te necesitan».

Ednan corre a la anciana. Con lágrimas en los ojos corre.

Nadie en el Norte sabe nada sobre Gúlumm o los profetas. Jamás les han visto. Sin embargo, la anciana tiene sueños. Ella puede ver. A ella corre el guerrero y ella confirmará la señal.

«Se que has visto el hongo» son las palabras de la anciana... «Pronto encontrarás a un enano con larga barba que se hospedará en las afueras de la aldea» continúa... «debes ir a él, y el te confirmará lo que has visto y te guiará».

El príncipe pregunta: «¿Cuál será la señal que confirme lo que he visto en el hongo?».

«El mensajero te dirá que Mooloc vive, y las flechas de oro todavía están en su lugar».

«¿Las flechas de oro?» pregunta el príncipe...

«Yo las escondí cuando huía de mi padre, nadie sabe de esas flechas» añade.

«Aparentemente, nada está escondido de los sabios profetas» responde la anciana vidente.

Ednan, el joven príncipe tiene paz. Como que toda su vida comienza a tener sentido. El llamado ha llegado a su corazón, y este día es un día muy especial.

Después de trabajar en los pozos, irá a la cena. Los aldeanos comparten su tiempo y su alegría con él, y él sabe que el día se acerca en que tendrá que partir. Dejar atrás a toda esta querida gente no es nada fácil. El príncipe sufrirá la separación, pero no es la primera vez que es separado de gente que ama.

Ya su corazón ha sido desgarrado antes.

Listo está para la partida...el día pronto ha de llegar.

capítulo 11

*L*OS GIGANTES Y EL PEQUEÑO MENSAJERO

Los gigantes son toscos, mal educados y comen hombres, sin embargo no saben que hacer con esta pequeña criatura.

No les apetece. Tiene mucho pelo.

No están seguros qué es. Saben que no es de la raza de los hombres, pero no están seguros qué es.

El mensajero ha sido encontrado por uno de los gigantes, quien le ha atrapado con una red de cuerdas. El gigante le ha traído y le ha puesto en medio del matadero, ahí donde preparan a sus víctimas antes de llevarles al asadero.

Varios gigantes rodean a la pequeña criatura. No saben qué hacer. Uno de los gigantes se rasca la cabeza y pregunta:

«¿Qué hacemos con él?».

Todos miran. Nadie responde.

El pequeño mensajero entiende el diálogo. No es su lengua, pero los de Gúlumm conocen varias lenguas, aún lenguas muertas.

Finalmente un gigante le pregunta: «¿De dónde eres?, ¿a qué vienes?, ¿qué haces aquí?».

«Soy mensajero» responde la indefensa criatura. «Vengo de una ciudad que está debajo de la tierra y voy de paso».

«¿A dónde te diriges?» pregunta el gigante.

«Voy al Norte. He de entregar un mensaje» responde.

«No te comeremos. No nos apeteces y eres muy pequeño. No podrás satisfacer nuestro apetito» dice el gigante con una vaga sonrisa... «Tampoco comemos caballos...puedes continuar tu camino».

«Un día recibirán recompensa por esta noble acción» de nuevo habla el mensajero, quien con una graciosa sonrisa monta su caballo para continuar su camino.

Hoy ha recibido gracia. Su vida ha sido perdonada sin haberla ni aún defendido. Ha de galopar su caballo, sobre las montañas, atravesar los bosques, cruzar los ríos y llegar a los mundos del Norte, donde ha de cumplir su misión.

¡Corre pequeño, de prisa, mucho camino te queda por recorrer!

capítulo 12

ESTABLO Y PAN

Han sido muchos los obstáculos. Ha tenido hambre, sueño, ha sido herido, ha sobrevivido la tierra de los gigantes, ahora hay un gran río. Su caballo está agotado y han pasado varias lunas.

Hoy el río ha de atravesar,

pero su caballo está cansado,

las fuerzas para cruzar el río,

le han de faltar.

El río al caballo ha de arrastrar.

Está crecido el río y las muchas aguas arrastran al caballo y a su criatura jinete, pero aún esto ha sido escrito. Ha de suceder.

Los profetas habían visto esto y solo los caballos de Henler podrían resistir y sobrevivir el ímpetu de las corrientes.

Son estas corrientes las que se han de encargar de llevar a la criatura hasta los linderos de las aldeas que ya pertenecen a los mundos del Norte.

Las aguas están muy frías, el jinete tiembla, sus barbas están muy mojadas, pero él ha de llegar. Ha sido escogido para esta misión, y es fuerte, joven con solo ciento ochenta años de edad, y su juventud le ayudará a resistir el frío y la fuerza de las corrientes.

Toda una tarde, y una noche, y en la mañana, el caballo y su jinete son aventados en un banco de arena y el cansancio les lleva rendidos.

Ambos quedarán rendidos de sueño. Dormidos en el gran arenal donde serán encontrados por un campesino de la aldea de Uriam.

El campesino le ha de hospedar. El mensajero recibirá una cama y el caballo será alimentado y cuidado hasta que su jinete despierte.

Como toda aldea chica, los rumores corren rápido.

«En casa del campesino que vive al Norte del río, se hospeda un enano» dice uno de los aldeanos en la plaza.

«El enano tiene barbas largas y dicen que salió del río» añade.

Del rumor al mito, la voz corre y llegará a oídos de Ednan, el príncipe guerrero.

Mientras los aldeanos murmuran, el mensajero es cuidado y se recupera, se sienta a la mesa y come pan. Su caballo está en el establo. Ambos han llegado a su destino, y es el destino quien los trajo hasta aquí, el destino que salió de la boca de sus profetas... los profetas de Gúlumm.

capítulo 13

EL ENANO QUE SALIÓ DE LAS AGUAS

Los aldeanos nunca habían visto a una criatura tan pequeña y con barbas tan largas. Están admirados, no saben de donde salió. Saben que es pequeño y que vino de las aguas.

Ednan, sabe mucho más. El sabe que esa criatura vino en misión divina.

Que en su viaje está la salvación de Gúlumm. Y hoy irá a encontrarle.

La robusta y oscura puerta de madera se estremece en casa del hospedador campesino. Al abrirse, las velas de adentro de la casa hacen brillar el rostro de Ednan quien al ver al mensajero dice:

«Tu eres de Gúlumm y vienes por mi».

El mensajero responde:

«Y...tú eres el joven príncipe...el príncipe de toda la tierra de Igglart y tu corazón ya está preparado».

El príncipe y la criatura se abrazan... y lloran. Lloran y se abrazan... lloran de gozo. Nadie había visto jamás al príncipe tan alegre.

El campesino está admirado. Jamás hubiera pensado que el guerrero fuera príncipe.

«¿Príncipe de dónde?... ¿Igglart?... ¿Dónde está eso?» pregunta sorprendido el campesino.

«Es una historia muy larga» responde el mensajero, quien también entiende la lengua de Uriam y todas las aldeas de alrededor y que hasta ahora pensaba que eran muertas.

«Tenemos mucho que hablar» dice el príncipe.

El mensajero le dice: «Yo nací muchos años después que te marchaste de Igglart, pero conozco toda la historia.... todos los profetas lloraron tu partida».

Continúa diciendo: «Tú eres como un hijo para Mooloc, y todos en Gúlumm te aman y te esperan».

«¿Mooloc vive?» pregunta el príncipe.

«Sí. Mooloc vive, y espera con ansiedad tu regreso» responde el mensajero.

«Mooloc vive, y las flechas de oro todavía están en su lugar».

capítulo 14

LA FIESTA DE URIAM

«Debemos partir cuanto antes» son las emocionadas palabras del príncipe «pero antes debo despedirme de la gente de Uriam»....continúa diciendo, «Uriam ha sido mi casa por muchos, muchos años y este pueblo es también mi pueblo».

El campesino hospedador irá de madrugada a la plaza y dará a todos los aldeanos la noticia de que Ednan ha de marchar a su tierra natal. Se deberá organizar una fiesta para despedir al gran guerrero, y quien mejor para hacer fiesta que el viejo Innon de la hacienda de Ubaliar al Norte de la aldea. El ha organizado fiestas en la entrada de cada año, la fiesta grande de la cosecha, los casamientos y las fiestas memoriales de los que han perecido en combate, pero nunca ha hecho una fiesta de despedida.

Nadie jamás ha dejado la aldea de Uriam para ir a

ningún lugar.

Aquí nacen, aquí envejecen,

aquí se entregan sus carnes

y sus huesos a las águilas

en el día en que perecen.

Uriam es una aldea de gente sencilla. Los hombres son campesinos y crían animales. Su uva es como ninguna en todo el territorio. El vino es puro y envejece con mucha gracia.

En Uriam se trabaja de madrugada y temprana mañana. Una vez que el sol se ancha y se pone en el medio del cielo, todos van al banquete. La siesta ha de durar hasta el atardecer y cuando las lunas salen, Uriam se viste de fiesta. La noche es alegre. Los ancianos se sientan en los portales y saludan a los jóvenes al pasar.

La noche ha pasado, Ednan y el mensajero no han podido cerrar los ojos en toda la noche. El campesino hospedador ya fué de madrugada y corrió la voz. Todos están muy tristes. No quieren ver partir a Ednan, pero entienden que el gran guerrero tiene una misión más grande. Más grande que él. Más grande que todos los mundos del Norte.

El día es difícil, muchos lloran. Aun los animales parecen estar tristes. Ya llega la tarde y todos han de ir a la plaza.

El viejo Innon con la ayuda de sus criados ha matado doscientas bestias. Todo el día estuvo asando.

Las mujeres han preparado inmensas enredadas de frutas e higos silvestres.

Los panaderos han apretado la harina, han preparado el mejor pan.

Hoy romperán cuarenta barriles del vino añejado en los viñedos de la hacienda de Ubaliar. Ese vino que ha reposado en lo oscuro por más de trescientos años, guardado para una ocasión especial, y ¿qué más especial que la partida del guerrero que trajo paz duradera a todas las aldeas del Norte?

Hasta hoy, nadie en Uriam sabía que el guerrero Ednan es príncipe de otras tierras. Su pasado siempre fue un enigma. Esto parece como una de esas historias que nos cuentan los antiguos. Una historia que se ha de escribir. Y es por eso que me han comisionado a mí, el más viejo de todos los cronistas de la tierra, para grabar estos hechos en pergaminos, y que queden escritos y sean pasados de generación en generación.

Esta noche tenemos un invitado muy especial en la fiesta. Es como una novedad. En Uriam, nunca antes habían visto a una criatura tan pequeña y con barba tan larga.

«Yo soy el mensajero oficial del profeta Mooloc» con fina y alta voz afirma el mensajero. «Vengo desde Gúlumm, la cuidad más importante que está debajo de la tierra de Igglart al otro lado del gran río, en el mundo que está al Sur de estas hermosas tierras» continúa diciendo... «La tierra de Igglart ha sido explotada y destruida por un malvado rey, y Mooloc me ha enviado en presencia del joven príncipe, pues así le conocemos en Gúlumm... Solo he venido a confirmar mi misión, pues el príncipe es entendido y ha recibido de antemano lo que ahora tiene en su corazón hacer».

El fuego de los asadores sube al cielo. Esta noche en Uriam hemos comido, hemos bebido y hemos entrelazado nuestros espíritus. La gente de Uriam es muy especial, y han recibido al mensajero con mucho amor. La misión del príncipe es también su misión. Ellos están agradecidos por haber tenido al príncipe acá por casi quinientos años y hoy, a la hora de partir, el corazón de los de Uriam irá con el príncipe.

La misión de los profetas de Gúlumm es también su misión. Como que una relación nace entre dos pueblos, como aquella relación que una vez existió entre los hombres de Igglart y aquellos que viven debajo de la tierra.

El caballo plateado está listo. Esta vez cargará tres jinetes. El príncipe, el mensajero, y a mí, el escritor de esta historia quien viajará con el príncipe el resto del camino hasta llegar a Gúlumm, pues mis días están destinados a estar junto a los sabios profetas... los profetas de Gúlumm.

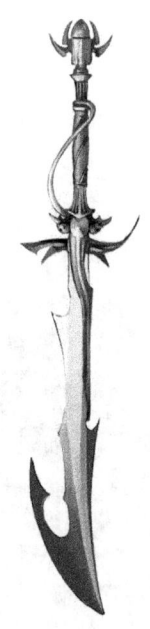

capítulo 15

LAS TRES LUNAS Y LOS TRES JINETES

Lunas llenas, por lo menos la luna mayor es redonda y brillante, más que las otras lumbreras.

Ya hemos pasado el río que divide los mundos y vamos entrando a las cordilleras del Norte de Igglart.

El caballo plateado corre veloz sobre las montañas. Atraviesa los bosques, avanza en los llanos. De lejos es como un rayo blanco que a gran velocidad va escribiendo una línea en el horizonte. La luna mayor es bella y su reflejo alumbra el camino en esta fresca noche que al parecer está del lado nuestro.

Debemos de atravesar la tierra de los gigantes. Aquellos que comen hombres. El escritor tiene miedo, ha oído que había gigantes en este mundo que está al sur del gran rio, pero nunca imaginó que sería huésped en tierra de ellos, y todo estaría bien siempre que no terminase siendo huésped dentro de la barriga de uno de ellos.

El hermoso enano de larga barba está calmado y seguro. No sé si se siente seguro por estar acompañado del príncipe o por el hecho de que a los gigantes no les apetece su carne, aparte que es tan pequeño que no llenaría al menos hambriento de todos los gigantes.

Al príncipe le brilla el rostro. Éste no teme ni a gigante, ni a hombre ni a bestia. En sus hombros descubiertos se pueden ver las muchas cicatrices que le han marcado en la batalla. Es de muy pocas palabras. Por horas permanece callado...pensando...meditando.

Cada vez que paramos para descansar y partir algo del alimento que cargamos en nuestras alforjas, el príncipe se sienta y saca un pequeño libro forrado en pieles, y lee mientras digiere su alimento.

El príncipe carga un gran arco dorado con puntas largas. También en el caballo trae amarradas dos lanzas y en el centro de su espalda carga un hacha de hierro azul, (instrumento de guerra que no se conoce en Gúlumm o en ninguna parte de la tierra de Igglart).

Sus largas trenzas corren hasta casi llegar al suelo, y su larga barba es al estilo de las barbas de los profetas, aquellos que le educaron y le enseñaron las artes y toda ciencia. Aunque fueron los profetas quienes le hicieron diestro para la guerra; el príncipe ha crecido en su entendimiento en el manejo de las armas, y ha adoptado modos que aprendió en cada pueblo y cultura a los que fue expuesto en los días que luchó por traer paz a las aldeas de los mundos del Norte.

Ya estamos en los linderos de la tierra de los gigantes y se oye ruido. Ruido como de caballos y gran ejército.

No sé por qué tengo miedo. No hay nada que temer. Nuestra suerte ya está escrita. Nuestro viaje ya está ordenado, de la manera que ha salido de la boca de los sabios profetas...los profetas de Gúlumm.

capítulo 16

EL GIGANTE HERIDO

Se oye ruido, y se ve humo desde lejos. Como que muchos caballos se alejan. A medida que nos acercamos, el ruido se oye menos.

Al entrar por uno de los trillos que lleva al centro del matadero donde se reúnen los gigantes vemos cuerpos. Cuerpos muertos a ambos lados del trillo. Algunos cuerpos colgados con sus cabezas en dirección al suelo y sus bocas abiertas. El humo crece... algo muy horrible ha ocurrido en la tierra de los gigantes.

Finalmente se ve el cuerpo de un gigante que permanece acostado en la yerba a un lado del trillo. El gigante está bañado en sangre, pero está vivo.

El gigante herido reconoce al mensajero y le dice:

«Tu eres el enano que iba al Norte hace varias lunas».

«Sí soy» responde el mensajero.

«¿Qué ha sucedido aquí?» pregunta el mensajero mientras corre con un cuerno de agua de uvas para dar de beber al gigante.

«El rey de Igglart nos ha atacado y nos ha herido con fuego» responde el sufriente gigante.

Miles de flecheros del rey habían seguido al mensajero cuando este iba al Norte y al ver que los gigantes no le comieron y más bien bendijeron su camino, dieron voz al rey y este se enojó en gran manera.

El rey había declarado que toda persona o criatura que ayudase a los profetas de Gúlumm sería castigado con fuego.

«Son cobardes» añade el gigante... «Los ejércitos del rey nos atacaron de noche mientras dormíamos... Millares de flechas con fuego lanzaron contra nosotros, y cuando nos preparamos para responder, se esconden en la noche y luego huyen, bien saben que los gigantes no podemos ver bien de noche».

El mensajero pregunta: «¿Dónde están todos los otros de tu pueblo?».

El gigante responde: «Han hecho campamento en las montañas... a mi me dejaron por muerto».

Añade: «Ustedes me han salvado. Ese jugo de uvas me ha refrescado y me ha regresado mi espíritu».

El gigante está muy mal herido. Necesitará ayuda. Los tres jinetes no podrán dejarlo ahí. Tampoco pueden quedarse ellos pues es necesario que lleguen a Gúlumm lo antes posible.

«Debemos traerlo con nosotros» dice el mensajero en alta voz.

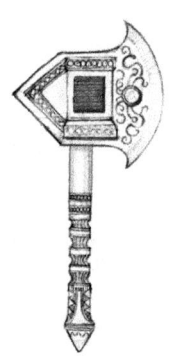

capítulo 17

DE REGRESO A HENLER

El caballo plateado ha hecho una gran labor. Ha cargado tres jinetes por valles y montañas, y ahora en el último tramo de su viaje el esfuerzo será aún más.

Ednan y el mensajero han armado una cama de paja entrelazada la cual reposa entre dos varas con una rueda de madera al final. Es una rudimentaria carreta de una rueda y las varas tiran de ambos lados del hermoso caballo. Ésta cargará al herido gigante hasta las caballerizas de Henler.

El gigante ha perdido mucha sangre. Todavía trae una flecha en su costado, y ha de esperar a llegar a Henler, allá hay gente que sabe curar con yerbas amargas y él tendrá más esperanza de vivir.

Ya amanece y será un día largo. Debemos avanzar y llegar a las caballerizas. El gigante debe vivir y este hermoso caballo se merece un buen descanso.

El sol se pone en el medio del horizonte y luego se esconde. Se ven las lumbreras, paramos para reposar unas horas. Nuestro alimento ya comienza a escasear.

El joven príncipe Ednan por primera vez en todo el viaje puede dormir profundamente y al despertar comienza a hacer preguntas al mensajero.

Mucho tiempo ha pasado desde la última vez que vio a los profetas.

El reencuentro será un momento muy especial.

Su verdadero nombre nunca más se mencionó en toda la tierra de Igglart. El mensajero y yo le llamamos Ednan, el nombre con que le conocen todas las aldeas en los mundos del Norte. Pero Ednan, es príncipe. El es el joven príncipe que un día tuvo que abandonar su tierra y que ahora regresa a traer justicia.

A él, por derecho real pertenece el trono.

Hace un rato, el mensajero le mencionó que es el anhelo de todos los oprimidos de Igglart que él recupere el trono que le pertenece, pero Ednan no responde nada. En Uriam nunca quiso ni aun participar del concejo que gobierna las aldeas, cosa que le ofrecieron muchas veces.

Él no está interesado en reinar, o en obtener poderes reales. Su vida ha carecido de lujos, de prendas o ropas reales. Nunca conoció mujer. No tiene hijos, ni parientes que vivan aún.

Pero, sí ha conocido la guerra. Ha visto en sus días

calamidad y abusos. Ha conocido la injusticia.... y calla.

Su silencio y profunda mirada parecen ser sus mejores amigos.

Su presencia es impresionante. Y las cicatrices que carga en sus hombros añaden enigma a su personalidad.

De nuevo en el camino. Esta vez caminamos a pie para aliviar el trabajo del caballo.

Andamos. Atravesamos otro monte, y llanos, y montes, y por fin, a lo lejos, parece que podemos ver las luces de las antorchas de las caballerizas de Henler.

Las primeras luces de la mañana pronto comienzan a aparecer.

En las caballerizas, ya los criados de Henler trabajan.

Aquí llegamos nosotros. Henler sale de prisa a recibirnos. Se alegra de vernos vivos y ordena que vayan rápido a buscar a su mejor curandero para atender al ya moribundo gigante.

El anciano, lava sus heridas con agua pura de los manantiales de Hurbur y prepara una masa de hierbas amargas y varios minerales y barro, y aceite puro que viene de las aceitunas gigantes (aquellas que los de Gúlumm no han podido probar por cientos de años, es posible que el mensajero haya sido el primero en subir a la superficie en muchos años, quizá desde que la alianza entre los hombre y los que habitan debajo de la tierra se rompió).

Arranca la flecha de su costado, y le cura, y le da a

beber un vino que le ha de poner a dormir.

«Cuando despierte estará mucho mejor» asegura el viejo curandero.

En la mesa grande del patio, ya los criados han servido el primer alimento del día, Henler nos invita a sentarnos a la mesa.

Henler conoce la historia del príncipe a quien dice: «Te conocí cuando eras muy pequeño. Tu abuelo compró caballos de mí por muchos años. Me alegro que estés de regreso y quiero que sepas, que en cualquier hazaña que emprendas contra este desdichado rey... puedes contar con mi apoyo. Mis caballos están a tu servicio, mi amado príncipe y Señor».

El príncipe se emociona y llora y abraza a Henler.

«Gracias amigo. Tu ayuda es recibida y no será en vano» son las palabras del príncipe.

Muchos están sentados a la mesa y brindan por el regreso del príncipe. Todos inclinan sus rostros en reverencia y respeto hacia quien aman y que pudiera ser su futuro rey.

Ednan es humilde, y pronto les dice que no es necesaria la reverencia.

«Yo soy como ustedes» Ednan continúa diciendo con emocionada voz... «Conozco algo de herrería y caballería... aunque nunca vi caballos como estos en ninguna tierra».

Todos descansamos hoy en casa de Henler.

capítulo 18

Rumores de guerra

Ya ha pasado un día y una noche desde que llegamos a casa de Henler. Queremos llegar a Gúlumm, pero debemos planear por donde y como llegar. El rey tiene guardias en todos los caminos que llevan a la unión de los dos antiguos ríos donde está la entrada a Gúlumm.

Ednan ya sabe del plan del rey de llenar la entrada a Gúlumm con aceite negro de las calderas.

Henler le pregunta a Ednan si tiene alguna idea de cómo enfrentar a los ejércitos del rey. Ednan le responde que necesita primero ver a los profetas y pasar revista para saber exactamente con cuantos guerreros y armamento cuenta.

«Hay un lugar secreto que nos puede llevar a Gúlumm sin tener que llegar a la entrada de los dos ríos» de pronto dice el mensajero.

«Mooloc, me dió instrucciones de cómo usar uno de los antiguos volcanes que descienden a la laguna que está debajo de la tierra al Este de Gúlumm» continúa diciendo... «Hay un canal que va de una de las cuevas a un lado de la laguna y nos lleva hasta el costado de la ciudad.

Si atravesamos el bosque de Imebar, podemos llegar a la entrada del volcán».

Sentados a la mesa, trazan mapas. Henler comparte con Ednan su experiencia en cuanto al terreno.

También le dice: «Mis criados no son flecheros. La mayor parte de ellos han trabajado con el martillo y el fuego moldeando herraduras para los caballos. Esto los ha hecho fuertes» continúa...

«Te puedes llevar todos los criados que gustes, ellos están dispuestos a pelear y morir por tí mi Señor príncipe».

Ednan sonríe, y dice: «Conocí un pueblo muy al Norte de las aldeas donde hice guerra, que usaba martillos para la batalla. Ellos me ayudaron cuando liberaba a una de las aldeas cerca de Uriam».

«Si tus criados han usado el martillo como herramienta de trabajo, y tienen fuerza para doblar el hierro.... Puedo asegurar que las cabezas de los soldados del rey se pueden romper más fácilmente que el hierro».

«Sí, martillos» con voz fuerte y ojos que brillan añade el príncipe...

«Esto será una sorpresa. Los ejércitos del rey no

sabrán cómo responder a esto».

«Apártame doscientos criados, de los más jóvenes, que estén dispuestos a ir a la batalla. Yo los entrenaré en cuestiones de guerra. El martillo será su arma» añade el Príncipe Ednan.

«Doscientos criados tendrás y yo añadiré doscientos caballos, listos para la guerra» responde Henler con gran convicción en su voz.

«El tiempo apremia. ¿Cómo sabemos que tendremos tiempo de entrenar a toda esta gente?» pregunta el mensajero.

«No tendremos tiempo. Primero debemos proteger la vida de los sabios profetas y todos los habitantes de Gúlumm y las otras ciudades que están debajo de la tierra. Iremos a Gúlumm y consultaremos con Mooloc y ahí decidiremos el plan» responde el príncipe.

El gigante ha despertado. Está vivo y después de dormir muchas horas se comienza a recuperar. Ednan se sienta a su lado y le dice:

«Hoy vamos a partir a Gúlumm. Te puedes quedar aquí con Henler hasta que estés lo suficientemente fuerte para regresar a tu gente».

El gigante responde: «No. Yo soy tu siervo. Has salvado mi vida y mi vida te pertenece. Llévame contigo y te seré muy útil».

«Así se hará» responde el príncipe... «Irás conmigo, pero primero te debes recuperar por completo».

El gigante se pone de pie y dice: «Me recuperaré en el camino...Vamos».

El mensajero dice: «El tiempo no está a nuestro favor, debemos salir ya».

El joven príncipe, ha dibujado un martillo. Las medidas y detalles entrega a los herreros quienes fundirán el hierro y moldearan los martillos. Doscientos martillos, para doscientos guerreros que cabalgarán sobre los mejores caballos que hay sobre la tierra.

Hoy saldrá Ednan rumbo a Gúlumm, irá acompañado del mensajero, el gigante y yo (su escritor).

Henler enviará a los doscientos hombres al bosque de Imebar, con sus caballos, comida y martillos. También enviará a varios curanderos con hierbas y ungüentos para curar a los heridos en batalla. Estos acamparán en el bosque para esperar que el príncipe vaya a Gúlumm tome consejo de los profetas y regrese para entrenarlos.

Todos saben que no hay mucho tiempo. Quizá en la boca de los profetas haya un plan. Una manera de ganar tiempo o aun parar la velocidad con que la luna mayor y las otras dos lumbreras viajan a través del firmamento. Cualquier palabra o solución será sabia. Ellos siempre tienen dirección, porque son entendidos.

Ednan viaja de nuevo en el caballo plateado, el mensajero y yo vamos en otro caballo. El gigante va a pie. Es muy pesado para andar a caballo, pero a pesar de su peso, se puede mover con gran agilidad. El ya trae un martillo en la mano. Este martillo es la primicia de la fundición, solo que se alteraron las medidas para hacerlo de un tamaño que haga ver bien al gigante.

Hemos caminado, hemos cabalgado. Hemos entrado al bosque de Imebar. Hemos parado para tomar algún alimento y calmar la sed.

El mensajero trata de levantar el martillo que el gigante ha dejado a un lado para comer, pero es en vano el esfuerzo. Tomaría varios como él para poder levantar tal enorme martillo.

Después de comer y beber, continuamos avanzando rumbo a la entrada del volcán que había mencionado el mensajero.

El mensajero es buen guía. Es ágil. Es inteligente.

Nos ha traído a la misma entrada del volcán y después de descender hasta la laguna que está debajo de la tierra encontramos la cueva y el canal que llega hasta Gúlumm por el este de la ciudad. Después de andar casi un día caminando dentro del canal (pues los caballos quedaron en el bosque) parece que hemos llegado a Gúlumm.

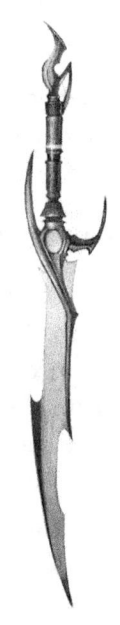

capítulo 19

EL REENCUENTRO

Al este de Gúlumm, hay una entrada principal, pero no es por ahí por donde entramos. El mensajero descendió por una grieta y se sumergió en un pequeño charco de agua.

De pronto en una de las paredes al final del canal, una piedra grande se comienza a rodar y se abre una entrada. Al otro lado hay unos guardianes que con gran gozo salen y saludan al príncipe.

De ahí somos llevados a la presencia de Mooloc y todos los profetas.

Cuando Mooloc ve de lejos al príncipe se inclina al piso y tiembla de la emoción. El príncipe corre y de rodillas abraza a Mooloc. Sin palabras. Los dos se miran y lloran de la emoción. Ambos saben que este momento estaba escrito.

Hoy ha comenzado el cumplimiento de una gran profecía. El príncipe del Norte ha regresado.

Finalmente justicia vendrá a Igglart.

Los tiempos y las sazones nadie conoce.

Quien hubiera pensado que aun la huida del príncipe casi quinientos años antes estaba en el plan maestro. Que todo lo que el príncipe aprendió en otros mundos lo iba a llenar de experiencia para este momento.

Los profetas saben que todo ya había sido predestinado.

Hoy Mooloc y Ednan (el joven príncipe) se abrazan y lloran, y no dicen nada.

Los otros profetas vienen, y abrazan a Ednan. Todos están agradecidos por la oportunidad de vivir este momento.

Ednan es llevado a la mesa del centro.

Hoy quizá, quisiéramos celebrar, hacer banquete. Pero el momento es crítico. Las vidas de todos los habitantes de las ciudades que están debajo de la tierra peligran.

Después de mucho llanto y abrazos, ya en la mesa del centro, Mooloc decide que el príncipe debe descansar. En una de las recámaras interiores a un lado de la sala ya se ha preparado una cama y un baño con esa agua cristalina y caliente que también sale del más abajo.

Nuevas ropas se han preparado para el príncipe. Son hermosas vestiduras de pieles y tela fina roja.

El príncipe cae en profundo sueño mientras Mooloc manda a buscar los rollos y escritos más antiguos en las artes de guerra.

También manda a buscar los escritos sagrados que han permanecido en manos de los profetas de generación en generación.

Han de consultar los escritos con sabiduría. Toda guerra debe ser peleada con honor. Debe haber causa justa para el combate.

Aun en la guerra debe existir bondad, benignidad y paciencia.

Los mapas que Ednan trajo de casa de Henler también son puestos sobre la mesa. Mapas y compases, medida y rollos, escritos y principios... todo está sobre la mesa.

Como si la suerte de Igglart se fuera a decidir en esta reunión... pero no es así. La suerte de Igglart ya está escrita. Todo ha sido predestinado. Los que se sentarán a la mesa del centro hoy, son solamente parte del destino de toda la tierra de Igglart.

capítulo 20

TODAS LA HUESTES DE LA TIERRA

Hoy contamos todo. El príncipe ha descansado.

Antes de comenzar la reunión, se debe hacer una mención especial al mensajero quien ahora es un héroe.

El primer habitante de Gúlumm que ha subido a la superficie de la tierra desde que la alianza entre los hombres y aquellos que viven debajo de la tierra se rompiera.

También es el primer habitante de Gúlumm que atraviesa la tierra de los gigantes y el primero que visita otros mundos.

Hoy recibe una gran condecoración y pasa a ser parte del concejo.

Todos hacen ruido y golpean sus armaduras en señal de elogio. Mooloc pone una medalla de oro puro en su cuello.

Entonces comienza la asamblea.

Ednan, está sentado a la diestra de Mooloc. Es como su hijo.

Mooloc le introduce a la asamblea y da a todos a conocer su nuevo nombre el cual es Ednan.

El mensajero se para y da un breve recuento de todo lo que oyó sobre las hazañas del príncipe y las guerras que éste ganó cuando estaba en Uriam, una de las aldeas de los mundos del Norte.

El príncipe no habla. Hay silencio.

Mooloc se pone en pie y dice: «Vengan los números de guerra».

Ciertos miembros del concejo de los profetas deben ponerse en pie y rendir números de su investigación.

Se pone en pie el primer profeta que es estadista y rinde cuentas.

«El rey cuenta con un ejército de cincuenta mil hombres. Cinco mil son flecheros. Treinta mil son de a pie. Dos mil son jefes de decenas, centenas y millares. Ocho mil son veteranos experimentados en la espada y las máquinas que destruyen fortalezas».

El profeta Ianím (jefe de los lanceros) respira profundo y dice...

«Nosotros contamos con cinco mil guerreros en total. Todos son flecheros y lanceros. De entre ellos cien son sabios y experimentados en guerra».

Esos son los números entregados al profeta Mooloc (el más viejo y sabio de todos los profetas de Gúlumm).

Ednan se pone en pie y dice:

«También contamos con doscientos hombres de a caballo que pelean con martillos pues son herreros, solo que todavía los debo entrenar».

«También contamos con un gigante que come gente y está aquí a mi lado» añade con una pícara sonrisa.

«Yo solo, puedo matar a mil hombres de ellos en una sola batalla, pero cincuenta mil son muchos, debemos tener una buena estrategia» dice el príncipe además mientras de vuelta toma su asiento.

Mooloc entonces se pone de pie de vuelta y dice:

«El sudor de la tierra los detendrá otros veinte días. Después de eso no habrá nada que les detenga y comenzarán a enviar ese aceite negro por la entrada de los dos antiguos ríos».

Continúa diciendo: «Tenemos diez y nueve días para posicionarnos. Primero terminaremos el canal que ya hemos comenzado, para desviar el aceite negro que ellos envíen hacia el lago de fuego que está en lo más abajo del volcán del Oeste. Bloquearemos las entradas a cada ciudad con piedras y cementaremos las entradas. Cuando el aceite llegue al fuego de más abajo, el fuego regresará una gran explosión hacia la superficie. Nosotros ya no estaremos aquí, pero nuestras ciudades serán preservadas.

Ellos mismos no podrán entrar después que envíen el aceite, la entrada de los dos ríos no se podrá transitar nunca más.

Ellos pensarán que estamos todos ahogados debajo, pero toda nuestra gente ya habrá salido a la superficie por el volcán del Este, el lugar por donde llegó el mensajero con nuestro amado príncipe.

En diez y nueve días, Ednan habrá entrenado a los doscientos hombres que le esperan en el bosque».

«Aun así se necesitan fuerzas que el ojo no puede ver para ganar esta batalla» añade Mooloc.

Con todo, los profetas se ven confiados.

Sus arcos y lanzas ya han sido adiestrados para la batalla.

Ednan y el gigante regresan al bosque para entrenar a los doscientos, mientras muchos trabajan tapando las entradas a cada ciudad y terminando el canal que llevará el aceite hacia el fuego de más abajo.

capítulo 21

CARRETAS DE ACEITE Y FUEGO

Toda la tierra de Igglart sufre por la violencia que le ha visitado. El rey ha despertado los ejércitos del mal, y marchan para dañar las ciudades que están debajo de la tierra.

Cientos de carretas que cargan calderos de aceite negro designado a quemar a todo lo que respira debajo de la superficie marchan hacia la unión de los dos antiguos ríos a la entrada de la cueva de Bilartt que desciende a Gúlumm y las otras ciudades de abajo, las carretas son grandes de hierro fundido, y traen fuego en sus barrigas, este fuego que mantiene el aceite hirviendo.

«Nada debe quedar con vida» es la orden del rey.

A la vez millares de jinetes cabalgan a ambos lados de las carretas, jinetes hambrientos de sangre, jinetes de muerte.

También los arqueros del rey marchan a la batalla.

El rey ha logrado armar un gran y horrible ejército, con brillantes armaduras negras. Impresionantes y elaborados arcos y lanzas. Su gobierno es grande y temible. Los altos impuestos con que ha empobrecido a la nación han sido invertidos en armas.

El rey por muchos años ha trabajado en engrandecerse, más que toda otra tierra, más que todos los otros mundos que rodean a Igglart.

¿Porqué tanto interés en erradicar a los moradores de abajo?

Las pequeñas criaturas que moran debajo de la tierra, no ofrecen ningún peligro político. Su único pecado ha sido dar refugio a las familias que huyeron de la superficie por causa de los abusos y opresión a que fueron expuestos.

¿Será que el rey quiere hacer de ellos un ejemplo, para que todas las otras naciones le teman?

¿Una gigante y dispareja muestra de poder?

Los profetas de Gúlumm creen que aparte de las intenciones y planes del rey en cuanto a esta guerra, hay una fuerza mayor que está detrás de todo lo que está pasando.

Todo ha sido predestinado. Ya está escrito...

Desde siglos antes, ya esta historia estaba ordenada.

capítulo 22

Pocos hombres de guerra

El príncipe, el gigante y el mensajero han regresado al bosque de Imebar.

Doscientos hombres de los criados de Henler han esperado al príncipe, ansiosos por entrar en acción. Una cosa es firme: Sus caballos son los mejores caballos que galopan sobre la tierra de Igglart, y sus martillos han sido moldeados por los mejores herreros.

Ahora es necesario adiestrarlos para la batalla, y estos hombres no han visto guerra jamás. Usar martillos en la guerra no es costumbre que se conozca en Igglart.

El príncipe aprendió ésta y otras artes en las guerras que peleó en los mundos del Norte.

Todo este día, uno por uno, el príncipe enseñó a cada hombre a cómo mover el martillo, como levantarlo, como meterse debajo de su peso, como aplastar las cabezas del enemigo en un movimiento con ritmo, como una danza de lejanas tierras, como un péndulo que se mueve sin parar, a un lado, a otro lado, el martillo baila en las manos del guerrero.

Todo el día.

Todos ejercitan esta nueva arte.

Arte de guerra.

Arma poderosa de equilibrio.

Dos lunas mayores han mostrado su rostro sobre el bosque. Se han ido y han vuelto a regresar. Estos hombres han practicado, han aprendido, se han adiestrado.

Cada noche se sientan alrededor del fuego y hablan, y aún bajo la gran amenaza y aires de destrucción que se acerca, ellos pueden reír y mantener la calma y el buen humor.

El príncipe en las noches se aparta, se sienta sobre una gran piedra, y piensa. Callado a la luz de las lumbreras.

Sus largas trenzas brillan, y sus cicatrices le recuerdan que sabiduría y cautela deben ir juntas en tiempo de guerra.

Mientras entrenamiento sucede en el bosque, el mensajero ha ido y regresado a Gúlumm varias veces.

Trae noticia... Trae reporte... El momento se acerca.

«Los ejércitos del mal avanzan, las carretas ya entran a menos de cinco leguas de la entrada a Gúlumm» dice el mensajero en su último reporte.

capítulo 23

HA SALIDO EL SOL DE JUSTICIA

Ednan el príncipe, ha dormido varias horas esta noche.

El gigante ha velado su sueño, y le cuida fielmente. Una estrecha amistad se ha desarrollado entre el príncipe y el gigante. Ambos son de pocas palabras.

El gigante ya está sano. Sus heridas han cerrado. El sirve al príncipe, y ha mostrado mucha inteligencia y destreza en el uso del martillo.

Hoy amanece temprano. El brillante y hermoso sol que sale al Este de la tierra de Igglart, parece sonreír a los dispuestos guerreros. Los doscientos hombres a caballo han comenzado a marchar.

Al frente van el príncipe, el gigante y el mensajero.

El príncipe lleva un hacha de doble filo en su espalda,

su cara está pintada con rayas azules y negras en sus mejillas. En su caballo plateado lleva doce lanzas a un lado, y un hermoso arco con dos bolsas de flechas al otro lado.

El gigante camina a su lado, con su gran martillo en mano. Este estará todo el tiempo al lado del príncipe, como su sombra, su escudero, su paje de armas.

El mensajero se ha apresurado a dar la noticia a Gúlumm que el príncipe viene en camino.

Han de esperar al borde del bosque, todos en sus caballos pacientemente esperarán.

A la llegada del mensajero a Gúlumm, los profetas han comenzado a desalojar las últimas ciudades. Ancianos, mujeres y niños de los refugiados han sido evacuados por el canal que sale al bosque por el volcán del Este.

Las entradas a cada una de las ciudades han sido selladas, de manera que el aceite caliente entrará y seguirá su curso hasta chocar con el fuego de abajo. La explosión aventará fuego hacia arriba vía los antiguos volcanes del Oeste, y esto sorprenderá a los ejércitos del rey.

El rey espera que el aceite ahogará a la mayor parte de los habitantes de abajo, pero sospecha que muchos saldrán a la superficie por miedo a ser ahogados por el aceite y ahí, sus ejércitos los despedazarán como presas fáciles.

En la mente del rey, será una victoria fácil. Una muestra de poder que hará temblar a toda tierra y mundos alrededor. «Igglart será temida por todos para siempre» son las palabras del rey.

capítulo 24

RÍOS DE ACEITE

Hay atmósfera de guerra.

Con sus millares parados en el plano entre los dos antiguos ríos frente a la entrada a Gúlumm, sus ejércitos gritan sangre.

Las carretas avanzan y las primeras calderas de aceite se comienzan a voltear a la entrada de la cueva.

Ríos de aceite negro hirviendo corren hacia abajo.

Los conductos que van a Gúlumm están llenos, pero los profetas y todos los habitantes de abajo, ya no están ahí.

Las ciudades de abajo de la tierra están solas.

El aceite corre, caldera tras caldera es vaciada. Fluye hacia abajo y llega… Y toca el fuego de más abajo.

Y la explosión sube a la superficie.

De pronto se oyen estruendos.

Como volcanes que revientan y el fuego sube muy alto, tan alto que se puede ver en toda la tierra de Igglart.

El cielo se ha alumbrado. Los ejércitos del rey están asombrados. ¿Dónde están los enanos? Nadie ha salido de abajo de la tierra. Como si nadie hubiese sobrevivido el aceite.

El rey y sus huestes esperan.

Hay silencio. El humo negro de la explosión ha oscurecido el firmamento. Todo está oscuro. El sol no se puede ver.

Pasan las horas y salen las lumbreras, pero apenas se pueden ver.

Será una noche oscura.

El rey y sus millares harán campamento.

Beberán y celebrarán su victoria.

Victoria sin pelea.

El mosto llenará sus cabezas y rendidos quedarán después de la borrachera y el exagerado celebrar.

La noche pasa y rompe el alba.

Millares y millares de flechas al parecer de todas las direcciones vuelan hacia los ejércitos del rey. Hay confusión.

De sorpresa son visitados por estas flechas que ya comienzan a hacer estrago entre los guerreros de maldad.

La silueta de criaturas pequeñas parece asomarse, como que salen de entre las yerbas y se vuelven a esconder, y disparan y se vuelven a esconder, y disparan.

Son rápidos, diestros y casi invisibles al parecer de los soldados reales.

«Son pequeños, casi no los podemos ver» gritan los malvados guerreros todavía entre los humos del día anterior.

«¿De dónde han salido estas criaturas?

Pensábamos que se habían ahogado» gritan soldados del rey.

Los profetas de Gúlumm han iniciado el ataque, lo han hecho desde que las primeras luces del día se comenzaron a asomar.

Ya sale el sol.

La mañana del primer día de batalla ha llegado.

Los arcos y las flechas de los diestros profetas visitan en millares a los ejércitos del rey.

Dichos arcos brillan y sus flechas como saetas favorecidas por la luz.

El sol de justicia ha amanecido sobre Igglart, y ha favorecido a los sabios profetas de Gúlumm y a su gente, quienes ahora están arriba de la tierra.

Habian salido por el canal que va de Gúlumm al volcán del Este y luego al bosque y en esta guerra han iniciado la primera ofensiva.

capítulo 25

HOMBRES CON MARTILLOS EN LAS MANOS

El rey ha sido sorprendido por el ataque de los pequeños flecheros, pero esto quizás era de esperarse. Lo que el rey nunca se imaginó fué ver doscientos hombres de a caballos con martillos en sus manos los cuales han venido sobre uno de sus escuadrones por sorpresa y al cual han desgastado hasta dejarlo completamente destruido y fuera de batalla.

El rey se reorganiza y divide sus ejércitos en varios escuadrones. Es un ejército grande y a pesar del primer ataque y los daños causados por los pequeños flecheros y el escuadrón que le han destruido los herreros jinetes con martillo, todavía la mayor parte de sus huestes parecen estar intactas. El joven príncipe ordena a los jinetes retroceder hacia el bosque. Estos también se deben reorganizar. Algunos están heridos y deben ser atendidos por los curanderos que envió Henler.

En el bosque se esconden.

También los profetas y todo el ejército de Gúlumm parecen haber desaparecido de la escena. Estos por ser pequeños tienen la habilidad de esconderse fácilmente entre las altas yerbas.

Ha sido un largo día de batalla, la noche comienza a visitar el bosque donde se recuperan los justos pues mañana será un segundo día de batalla.

Mientras, el rey hace campamento y reunido con sus cabezas de escuadrones, hace preguntas.

«¿De dónde salieron esos hombre con martillos?

¿Cómo es posible que esos despreciables enanos no se hayan ahogado todos con el aceite hirviendo?

¿Quién es el jefe de todos ellos?».

Algunos de los consejeros del rey (aquellos que habían servido al antiguo rey, padre del príncipe) se acercaron y dijeron al rey:

«Los hombres con martillo, no sabemos de donde han salido.

Tampoco sabemos cómo es posible que los enanos estén vivos, aunque entendemos que estos poseen una inteligencia muy especial.

En cuanto al jefe de todos ellos, rey nuestro, solo hay un ser viviente que pueda usar la lanza y el arco como éste, pero le vimos por última vez cuando tenía el solo quince años de edad. Se trata del hijo y único heredero legítimo al trono de Argurr, rey de Igglart antes de vuestro reinado».

De nuevo la ira del rey se enciende y ordena a sus millares preparase en dos frentes en la llanura de Quilantt.

«Les traeremos al campo limpio donde la yerba no pueda esconder a los flecheros enanos y los jinetes estarán frente a frente con nuestros jinetes. Somos un numeroso ejército. Los exterminaremos en unas horas» son las enfurecidas palabras del rey.

capítulo 26

Larga noche

Pensar que un pequeño ejército de diminutas criaturas y un grupo de herreros con martillos pueda enfrentar al extremamente poderoso ejército del rey es una locura. Mucho menos es posible obtener una clara victoria.

Sería hasta una falta de responsabilidad de parte del joven príncipe ofrecer las vidas de estas nobles criaturas a cambio de una victoria que no se puede lograr.

Sin embargo, los de Gúlumm saben que la paz y la tranquilidad han sido arrancadas de la tierra de Igglart y vivir bajo el temor y la soberbia del rey, no es realmente vivir. La libertad tiene un precio muy alto y ellos están todos dispuestos a pagarlo.

En cualquier otro ejército, el ánimo hubiera bajado y escasearía la moral al verse frente a tal imposible de obtener victoria, pero ese no es el caso. Los de Gúlumm tienen mucho ánimo. Están confiados. Saben que el destino ya está alineado, y se ocupará un milagro para poder vencer a los ejércitos del rey, pero ellos creen en milagros.

La noche es larga. El joven príncipe recostado junto a un gran árbol le da filo a los dos lados de su hacha. No teme. Permanece en silencio.

Mooloc, está a su lado. El profeta sí duerme. Al otro lado está su amado gigante.

Al amanecer, vendrá la batalla.

Los profetas saben que el rey posiciona a sus ejércitos en la llanura. Y en la llanura pelearán, sin miedo y con honor.

capítulo 27

AMIGOS, GIGANTES Y ÁGUILAS

El alba trae un nuevo día.

Los ejércitos del rey están en posición. El segundo día de batalla ha comenzado. Los de Gúlumm marchan. Con la frente en alto. Como si entraren en la boca del león.

El príncipe va al frente, a su diestra va el gigante y tras él jinetes con martillos en la mano. Los martillos se mueven en ritmo de unidad.

Al otro lado del príncipe marcha Mooloc y tras él todo el ejercito de Gúlumm con los habitantes de las otras ciudades de abajo. Estos traen lanzas en sus manos.

Será una sangrienta batalla. Al lado Este de la llanura está el Príncipe Ednan y su ejército. Al lado Oeste están los numerosos ejércitos del rey.

El primer escuadrón del rey avanza con lanzas en la mano. En las puntas de sus lanzas hay fuego.

Los lanceros de Gúlumm también avanzan. Para los ejércitos del rey será una batalla fácil. Aproximadamente diez guerreros del rey por cada uno de Gúlumm.

Apenas a unos metros de distancia un ejército frente a otro, se oye estruendo de caballos. Es la otra parte de los ejércitos del rey que éste estratégicamente había dividido para que de sorpresa cayeran sobre ellos en emboscada.

Estos vienen del Sur de la llanura rondando para posicionarse detrás de los ejércitos de Gúlumm.

Los de Gúlumm están en medio de dos fuegos de lanzas que en millares vuelan hacia ellos de dos direcciones, y ellos en el medio.

En la primera orden de lanzamiento, muchos de los justos son heridos. Pero estos valientemente enfrentan a los ejércitos del rey.

El joven príncipe avanza y el gigante a su lado, entre ellos dos hacen caer a muchos guerreros contrarios a tierra.

El gigante aplasta con su martillo a todo cuanto se pone en su camino.

El príncipe cabalga a gran velocidad y a su paso, con su hacha de dos filos corta a todo enemigo que se le pone en frente.

Él y su caballo son una unidad. Como una luz

plateada que se desplaza a gran velocidad. El príncipe pelea con ritmo y destreza. Como si cada uno de sus movimientos fuese divinamente inspirado. Su estilo en la batalla es único. Jamás ha existido un guerrero como él.

Su presencia es impresionante. Sus cicatrices hablan. Son como un mapa que deja ver su experiencia y causa terror a sus enemigos. Por donde el príncipe pasa la tierra tiembla. El terror de la muerte le acompaña y le respalda como si fuese su sombra, terror que se muestra en los rostros de sus enemigos cuyos semblantes y ánimos desmayan.

Cientos caen a su diestra y siniestra.

La valentía se muestra en el campo de batalla. El anciano profeta Mooloc lleva a su grupo de arqueros adelante. Sus flechas penetran a gran velocidad las filas de sus enemigos.

Aun así, no es suficiente. Los buenos han sido atrapados en emboscada, El rey es astuto y usa trampas. Solo un milagro pudiera hoy salvar la vida del príncipe y sus ejércitos de luz.

Y es exactamente eso. Un milagro, lo que se ve en el horizonte.

De pronto de la parte Norte de la llanura se oyen unas trompetas. Se ve a lo lejos la silueta de Henler quien ha venido a ayudar a sus amigos. Pero Henler no viene solo. Tras él viene un ejército de hombres con hachas en las manos. Aquellos valientes que un día pelearon a un lado del príncipe en los mundos del

Norte, habían sido alertados por la anciana vidente de Uriam y descendieron a la tierra de Igglart para ayudar a su viejo amigo de guerras, el príncipe Ednan.

No solo ellos han venido a ayudar. También detrás de Henler viene un ejército de gigantes y traen hambre. Por años el rey no se atrevió a molestar a Henler por miedo a su amistad con los gigantes y ahora vienen hambrientos, no solo de justicia (pues el rey los había antes atacado injustamente) también tienen hambre de comer gente, gran apetito han traído a la batalla.

Todos estos descienden por el Norte de la llanura contra los ejércitos del rey, y también otra ayuda. Esta no humana.

Hoy sobre la llanura de Quilantt, también han descendido las águilas gigantes. Estas vienen y levantan a los guerreros del rey, vuelan a gran altura y les dejan caer.

En este día, todas las aspiraciones del rey se han derrumbado. Sus ejércitos son hechos pedazos. Las sobras que los gigantes dejen, las águilas se las comerán.

Así se borra la memoria de este maldito rey para siempre.

No quedara nada en el campo de batalla.

capítulo 28

NO ES GLORIA DE HOMBRE O CRIATURA

Después de un entero día y mucha sangre, los ejércitos del bien regresan al bosque. Vienen cansados pero contentos.

Sí. Hay muchos heridos. Y muchos han perecido en la batalla, pero nada comparado con el estrago que sufrieron los ejércitos del rey. Nada ha quedado de ellos. Ni huellas ni memorias.

Los de Gúlumm, los gigantes, los herreros jinetes y los guerreros que vinieron de los mundos del Norte, hoy celebran su victoria. Las águilas han quedado en el campo, desgarrando toda carne de los huesos de los cuerpos de todo enemigo que cayó en batalla incluyendo al rey quien lo último que vio fue el filo del hacha del joven príncipe.

Henler y Mooloc se abrazan. Una vieja amistad se

fortalece entre los hombres de Henler que han estado en el combate y aquellos que siempre han vivido debajo de la tierra.

Todos celebran. Hay gran emoción. Unos lloran por los hermanos caídos en batalla, pero saben que la sangre derramada ha asegurado el futuro en paz de toda la tierra de Igglart.

Mooloc toma la palabra y en medio del bosque, todos hacen silencio.

«Hoy, las divinas fuerzas del bien han triunfado. En Igglart la paz ha sido restaurada. Hemos visto providencialmente la llegada milagrosa de esta gran salvación entre nosotros. Cuando a nuestros ojos, todo parecía perdido, la verdad permaneció de nuestro lado.

Nuestros amigos, aquellos que aman la verdad y la justicia vinieron a nuestro rescate y nuestro corazón está agradecido con ellos para siempre».

Mooloc con lágrimas de gozo en sus ojos abraza al joven príncipe. No se puede contener de la emoción.

El príncipe también llora de la emoción.

Se oye una voz desde atrás de los muchos árboles que grita:

«Que hable el príncipe... que diga unas palabras».

Ednan, que noblemente prefiere siempre permanecer callado, solo hace un humilde gesto con su mano derecha señalando a sus amigos que vinieron de lejos y a todos los guerreros presentes, hombres y criaturas, dejándonos saber que esta victoria no ha sido trabajo de un solo hombre si no de la unidad entre aquellos que aman lo justo y la bondad divina que ordenó todas las cosas desde el principio.

Todos entienden el gesto. Nadie se lleva la gloria. Todos están agradecidos de haber tenido la oportunidad de ser instrumentos a favor de la razón.

Así correrán las horas. En un espíritu de unidad y humilde celebración y tributo a los caídos en batalla.

capítulo 29

LA ALIANZA ES RESTAURADA

Días han pasado. En Igglart se respira tranquilidad.

Se oye mucha música en las afueras del castillo real.

Desde Uriam han venido dotados cantores y aquellos que tocan las cuerdas. También el viejo Innon ha descendido acompañado de muchos aldeanos que por varias lunas viajaron para llegar al castillo real en el medio de la tierra de Igglart.

Si Innon está aquí, es porque habrá fiesta.

Sí. Gran banquete.

Hoy se coronará oficialmente al nuevo rey de Igglart.

Los gigantes están ahí. La gran indigestión que sufrieron a causa de las malvadas carnes que comieron les obligó a comer cosas más ligeras como aceitunas, hongos y raíces y han desarrollado un gusto por estos alimentos de tal manera que hoy se abstienen de toda carne. Es por eso que los que vinieron de Uriam, atravesaron esa tierra con gran tranquilidad, además, ya no hay guardias de rey ni merodeadores asaltando gente en los caminos. El viaje es ahora una travesía segura.

Las ciudades de debajo de la tierra han reparado sus entradas ayudadas por los que una vez fueron refugiados entre ellos.

Hoy, todos los habitantes de Gúlumm y ciudades vecinas están en la superficie de la tierra para ellos también participar en la coronación del nuevo rey.

Los que un día fueron refugiados y huían del antiguo rey, hoy caminan con libertad en las calles de todas las aldeas de Igglart.

Existió una costumbre muy antigua que cuando un nuevo rey era coronado, la tierra hacía fiesta durante siete lunas.

Hoy, después de la ceremonia de coronación, comenzará la fiesta, y así será. No habrá labor ni trabajo durante siete lunas.

Ahora comienza la fiesta.

Henler tiene un lugar especial en la ceremonia. Será él quien corone al nuevo rey, el cual entrará en la corte montado en un hermoso caballo y a su diestra y siniestra le acompañarán los nuevos guardadores del rey. Estos son veinte y cuatro fieles y condecorados guerreros quienes cuidarán, servirán y estarán siempre delante del rey.

Mooloc y todos los profetas de Gúlumm están en la fiesta. Ellos estarán parados detrás del trono para recibir al nuevo rey. Ellos han trabajado en los últimos días ayudando y guiando a los doce ancianos que de entre los hombres formarán el nuevo concejo real.

Estos son hombres especiales. De carácter y valor. De buen nombre y sana reputación en toda la tierra de Igglart. Hombres que se opusieron a las maldades del malvado rey anterior y que nunca doblaron sus rodillas ni a la hechicería ni al espíritu de maldad que dominó la tierra en esos horribles años del anterior reinado.

El nuevo reinado se regirá de forma diferente.

Cada anciano del concejo ocupará una región de la tierra de Igglart y según prospere su región, estos remitirán un porcentaje al rey para sufragar los gastos del palacio y cuidar a las familias de todos los oficiales del nuevo reinado.

Toda la tierra espera que el príncipe Ednan ocupe el lugar que le pertenece por derecho. Sin embargo, por días, el nuevo concejo de ancianos y los profetas de Gúlumm no han podido convencerle en que asuma su puesto. Ednan se ha mostrado desinteresado en ocupar el trono real.

Con él han debatido y han tratado de razonar en amor. En toda la tierra de Igglart, nadie mejor que él, está calificado para el reto y la responsabilidad de ser rey.

Anoche, Ednan permaneció horas frente al profeta

Mooloc. Mooloc, le abrió los rollos y los escritos sagrados y le mostró su destino. Por horas Ednan quebrantó su corazón y lloró, y se acordó de mucho tiempo antes, cuando su abuela le llevaba a Gúlumm. Ednan no estuvo ahí el día en que murió su abuela. Su destierro endureció su corazón. Después de sufridas horas de llanto, el príncipe se puso de pie, secó sus lágrimas y pidió la bendición del profeta diciéndole:

«Si tú me das la bendición, y si te mantienes a mi lado, como el único verdadero padre que conozco, entonces yo intentaré reinar sobre la tierra de Igglart. Aunque mis piernas tiemblan al aceptar tan gigante responsabilidad... si tú y todos los profetas de Gúlumm me rodean y me aconsejan, entonces seré rey».

Mooloc, asintió con la cabeza y le besó en la frente y le dijo:

«Los profetas de Gúlumm estarán a tu lado». «Haz de reinar sobre la tierra y tu reinado será justo».

Ednan subió al caballo, marchó y entró en la corte y fue coronado por Henler.

En aquel mismo día, todos los habitantes de debajo de la tierra y aquellos de la raza de los hombres restauraron su antigua alianza. La tierra hizo fiesta durante siete lunas y su alegría desde entonces ha sido permanente.

Igglart de nuevo fue prosperada y los profetas de Gúlumm y los hombres vivieron en armonía desde entonces.

Fin.

121

Trasfondo

JA Pérez

Nació en Cuba.

Fue desde pequeño influido por su abuelo, quien le heredó la pasión por las fábulas e historietas de fantasía que él había recibido de los monjes que le criaron en un monasterio en las Islas Canarias.

Ha escrito libros en otros géneros, como teología, liderazgo, y sobre temas para la familia y los retos de la vida cotidiana.

Hoy dedica tiempo haciendo trabajos humanitarios en países del tercer mundo para aquellos que han tenido menos oportunidades en la vida y sostiene conferencias para líderes donde asiste a intelectuales, así como a iletrados, en la adquisición de destrezas esenciales y soluciones pragmáticas para comunicar esperanza con valentía en entornos complejos, y a veces hostiles.

Sus concentraciones masivas y misiones humanitarias han atraído grandes multitudes durante años.

Él, su esposa y sus tres hijos, viven en un suburbio de San Diego en California, desde donde se coordinan todos los proyectos de la asociación que lleva su nombre.

Otros libros

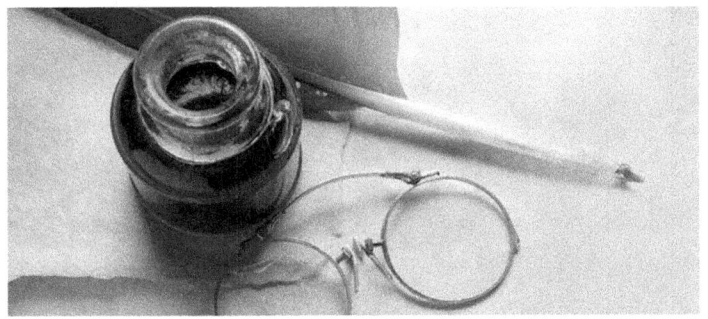

JA Pérez ha escrito varios libros y manuales de entrenamiento. Todos sus libros están disponibles en Amazon.com así como en librerías y tiendas mundialmente. Libros con temas para la familia, empresa, liderazgo, economía, profecía bíblica, devocionales, inspiracionales, evangelismo y teología.

Varios Temas

Crecimiento Espiritual, Teología, Principios de Vida y Relaciones — Recientes

GRACIA SOBERANA
SU SACRIFICIO fue SUFICIENTE
JA PÉREZ

AHORA que estoy en CRISTO
JA PÉREZ

COMO COMPARTIR LAS BUENAS NOTICIAS
JA PÉREZ

POETAS, PROFETAS, Y OTROS CON IMA-GINACIÓN

las 12 MARCAS del DISCÍPULO
JA PÉREZ

100 DÍAS DE COMUNIÓN, DISCIPLINA Y OFRENDA
J.A. PÉREZ

100 DÍAS de MILAGROS
JA PÉREZ

DIOS con nosotros
ja pérez

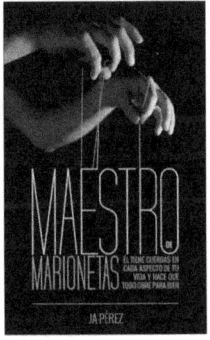

EL MAESTRO DE MARIONETAS ÉL TIENE CUERDAS EN CADA ASPECTO DE TU VIDA Y HACE QUE TODO OBRE PARA BIEN
JA PÉREZ

libres sin libres de la PRISA
JA PÉREZ

40 PROFECÍAS CUMPLIDAS
J.A.PÉREZ

EL FIN
ESTADO PROFÉTICO DE LAS NACIONES
J.A.PÉREZ

Desarrollo de
Liderazgo
con énfasis en
Diplomacia
JA Pérez

DESARROLLO DE
LIDERAZGO
CON ÉNFASIS
EMPRESARIAL
JA PÉREZ

12
FUNDAMENTOS
DE
LIDERAZGO
POR
JA PÉREZ

DESARROLLO DE LIDERAZGO
**EVANGE
LISMO**
CONTINENTAL
JA PÉREZ

DESARROLLO DE
LIDERAZGO
CON ÉNFASIS EN
PLANTACIÓN
DE IGLESIAS
JA PÉREZ

EMBAJADOR360°
**LÍDER
CON MENTE DE
REINO**
JA PÉREZ

EMBAJADOR360°
**LÍDER
CON MENTE DE
REINO**
JA PÉREZ

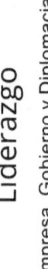

Liderazgo

Empresa, Gobierno y Diplomacia

**LÍDER
CON MENTE DE
REINO**
JA PÉREZ

los **5**
ERRORES
MÁS COMUNES
QUE COMETE UN LÍDER
JA PÉREZ

LIDERAZGO
IRREVOCABLE

JA PÉREZ

LIDERAZGO
INTELIGENTE

JA PÉREZ

LIDERAZGO
y CONSORCIOS

JA PÉREZ

LIDERAZGO
y GOBIERNOS

JA PÉREZ

LIDERAZGO
PRODUCTIVO

JA PÉREZ

LIDERAZGO
y CAPITAL INFLUYENTE

JA PÉREZ

LIDERAZGO
INSPIRACIONAL

JA PÉREZ

LIDERAZGO
TRANSPARENTE

JA PÉREZ

LIDERAZGO
y SISTEMAS

JA PÉREZ

LIDERAZGO
y DESARROLLOS

JA PÉREZ

LIDERAZGO
INVISIBLE

JA PÉREZ

LIDERAZGO
y LEGADO

JA PÉREZ

Evangelismo y Misiones

Discipulado para Nuevos Creyentes y Estudios de Grupos

Crecimiento
Inspiración y Creatividad

Clásicos
Principios de Vida y Relaciones — Ficción

English

Collaboration, Relations, Growth

Contacte / siga al autor

Blog personal y redes sociales

japerez.com

@porJAPerez

facebook.com/porJAPerez

Asociación JA Pérez

japerez.org

Keen Sight Books